日子很好 我很我

焦野绿 著

江苏凤凰文艺出版社

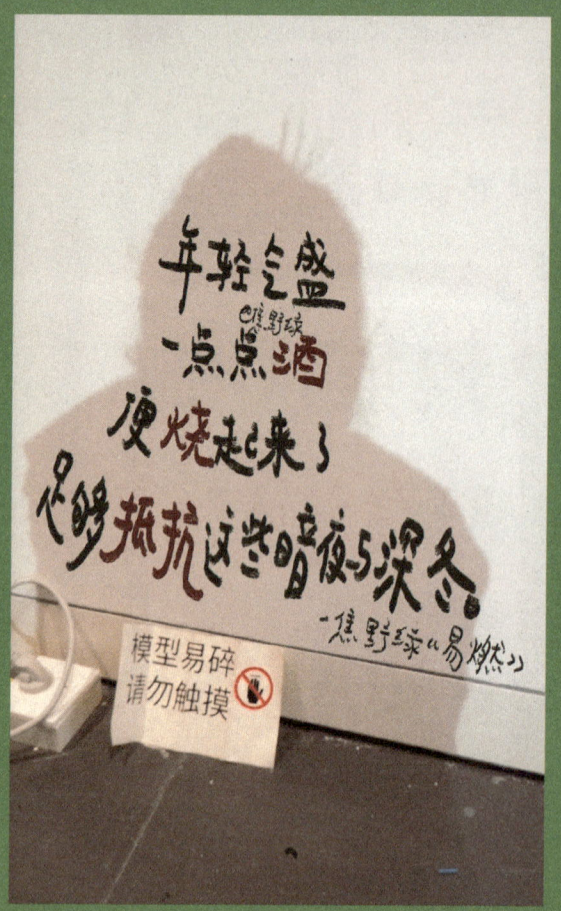

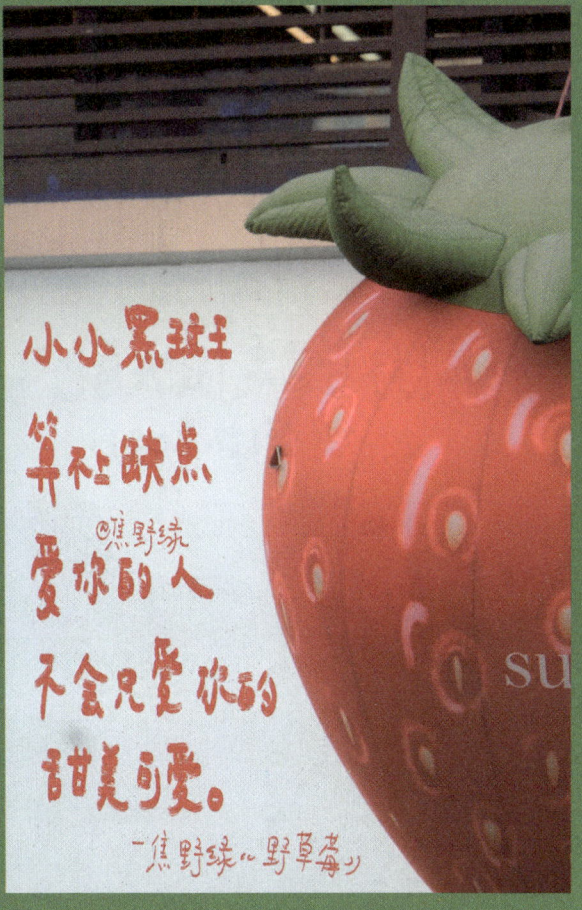

我爱人类、音乐、小猫和无意义
我享受人群中的摇摆
并反复练习坚定做我自己
——焦野绿《爱乐之人》

慢些赶路一
下一站
也许就是
终点站
风景已跑着
将你看完。

——焦野绿《风景已将你看完》

凭着这日复一日
扎根的野心
我会亲手摘到
甜美的好结果。
——焦野绿《好结果》

成熟的米粒

见识过

更大的秋天

@焦野

早已学会

绿

细嚼慢咽。

—焦野绿《晒幸福》

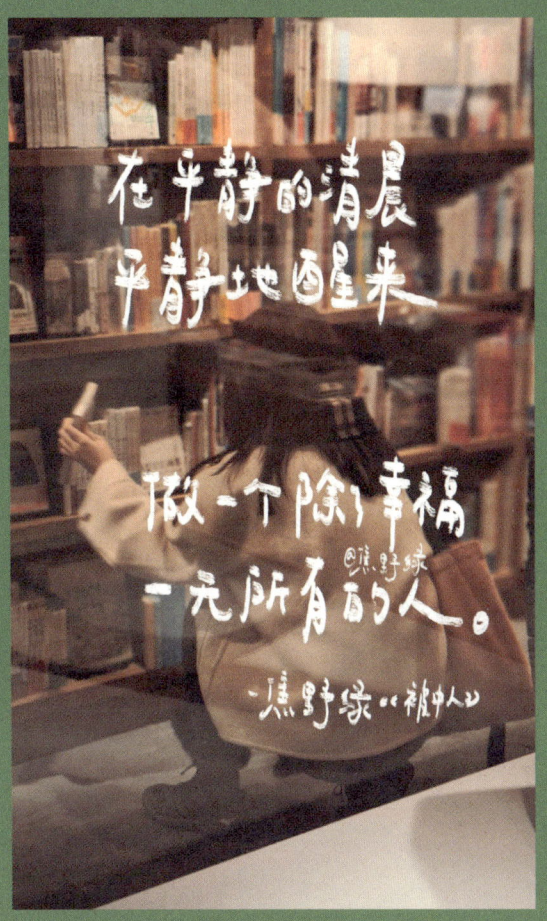

明年我不想死了
我要乱七八糟地活着
闭着眼睛去爱
杀掉每一个否定我的人
把自己视作一切。

《焦野绿"新年规划"》

夜晚是我的

后盾 @焦野绿
它总为我扉上不的

白天,收拾
烂摊十。

——焦野绿《夜晚后盾》

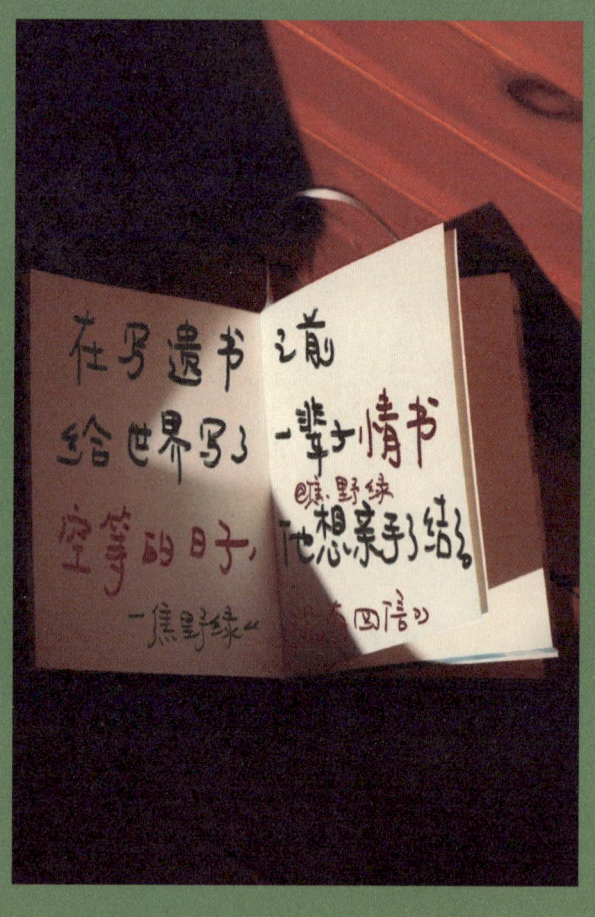

我不喜欢
这个结尾
但庆幸自己
让故事围绕我
发生过。

-焦野绿《主人公视角》

心肠柔软的女孩子

铁面的佛
　　　焦野绿
会偷偷溺爱
我们，先不要声张。

——焦野绿《女孩子
　　的秘密》

妈妈

三十岁不是

"无人问津的年纪"

那是我终于

不再问路

也不再迷失的

好时光啊。

——焦野绿《无人问津的年纪》

伍尔

那些觉得不公的时刻
正是取下我们的头颅
剥出喉舌的时刻。

男人们喝酒,整夜写作
我们煮饭,早起,捡袜子
安静时保持安静
呻吟时小声呻吟

哦,我的伍尔夫
我前世的枪
今生的姐妹

钢笔

田蕉野绿

我的四周高墙围堵
你的孤独
却没有回声
我们做菜、洗衣、净身
而你坐在那里，如一座坟
你把你的石头砸给我
等我想起我的名字
想起好妈妈喋喋不休:
"离开这家，重写你的人生。"

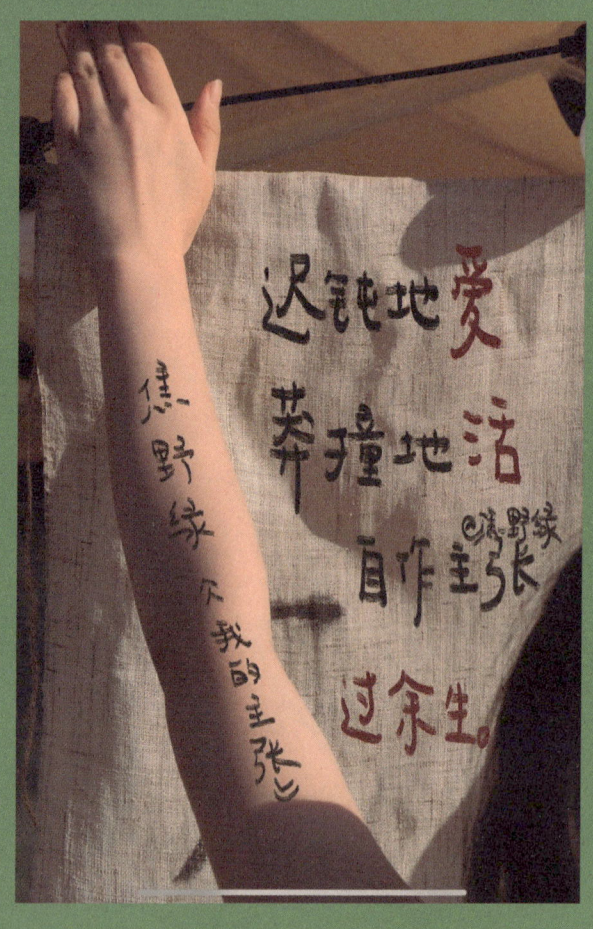

目 录

辑一
使好日子降临

被时间爱着的时候 3　　入戏 7　　浓度 8

易燃 9　　我如何生活 10　　野草莓 11

爱乐之人 12　　睡前仪式 13　　新鲜的我 14

流星说 15　　一个新年愿望 16　　爱啃手指的人 17

我天才的敏感 18　　交给秋天 19　　我有一个梦想 20

活着只须清唱 21　　测试题 22　　不再计划 23

指挥心脏 24　　踢翻 25　　痊愈指南 26

心软勇士 27　　混熟 28　　小火山生气了 29

困难怕我 30　　故事都是这样写的 31　　以我为标准 32

平稳心 33　　熊猫梦 34　　阴雨可能会持续一整天 35

回笼觉 36　　应该如何活过冬天 37　　蜗牛的使命 38

擦肩 39　　风景已将你看完 40　　重新认识世界 41

心动 42　　多事 43　　好结果 44

终点见 45　　快乐的遗产 46　　上岸以前 47

隐居 48　　玫瑰只有一枝 49　　风雨路 50

晒幸福 51　　这些不愿起床的日子被称为冬天 53

冬眠课 54　　被中人 55　　一块冰的时间 56

辑二
我要乱七八糟地活着

新年规划 59　　包袱 60　　我贫穷的理由 61

还清 62　　我的分享欲 63　　熬夜的人 64

偷自由 65　　夜晚后盾 66　　城市的天空没有星星 67

活着好啊 68　　生生慢 69　　笑到最后 70

红舞鞋 71　　北岛说 72　　中秋日 73

九月待办 74　　日复一日 75　　今日计划 76

一无所成 77　　失败也是参与 78　　主人公视角 79

均等分 80　　幽默 81　　人生的功课 82

周一刑 83　　不眠之人 84　　还有很多工作要做我 85

打工 86　　假期启示 87　　无发条日 88

倒计时 89　　余乐 90　　金蝉的职业生涯 91

休渔期 92　　菩萨长着千只手 93　　不要做给他们看 94

止血 95　　菩萨在 96　　不求于人 97

成为星期一 98　　呐喊 99　　木蝴蝶 100

仅剩的魔法 101　　在星期八 103　　贡献时间 105

笨鸟缓行 106　　欲扬先抑 107　　在人间发光 108

他的葫芦 109

辑三
爱是我的出生地

爱选择了我 113　　十月待办 114　　我对世界的爱 115

在我爱的道路上 116　　健康地爱一次 117　　请你听雨 118

对方正在输入 119　　我的翅膀 120　　赛跑 121

做我的秋天 122　　不计其数 123　　反咬 124

孤独是我养的猫 125　　沸点 126　　佳音 127

爱我者 128　　你存在的方式 129　　缺口 130

拥抱一只野豹 131　　萤火虫之夜 132

坚定是什么 133　　倚靠 134　　永远的发音 135

爱！爱！爱！ 136　　去真正的大海 137　　人类的爱 138

作文里的爱情 139　　情书 140　　无字 141

想看你哭 142　　与你正面相遇 143　　硬仗 144

救生 145　　一些狭窄的爱 146　　第三者 147

我的我 148　　十字架 149　　自私的我 150

不懂 151　　尽情辜负 152　　没有回信 153

墙 154　　取暖 155　　我的心不听我的 156

日历终于翻到这一页 157　　无言 159

辑四

在坍塌处重筑地的新居

重建 163　　小蜻蜓 164　　野生的孩子 165

密码锁日记本 166　　我喜欢我的家 167

桂花们都很好——给祖母 169　　好孩子的秘密 171

乖小孩 172　　蟋蟀罐 173　　无人问津的年纪 175

女儿的海 176　　妈妈的回声 177　　催促 178

积山 179　　祷告者 180　　海市与蜃楼 182

不安的父亲 183　　愚公之女 184　　木兰的家书 185

断代史 186　　我多想和你重新来过，妈妈 188

中式恐怖故事 190　　电子父母 191　　改命 192

赤脚奔跑 193　　衣服的隐喻 194

月亮没有身材焦虑 195　　肥胖纹 196　　失去 197

下楼买一包卫生巾 198　　月经课 199

小朋友叫我阿姨 200　　超现实废物 201

姐姐的奇迹 203　　从人间蒸发的日子 204

大雪封喉 205　　红杏 206　　基因彩票 207

伍尔夫的钢笔 208　　闷罐头 209

翻拍的故事杀青了 210　　闲人 211　　百岁的耳朵 212

耳钩 213

辑五
我不参加我的葬礼

我不参加我的葬礼 217　　想一拳打爆地球 218

小型自杀 219　　无解之人 220　　我的表彰大会 221

沉默的朋友圈 222　　我的主张 223　　孤品 224

棱角 225　　成熟配方 226　　我是人 227

脆弱的人 228　　溏心蛋 229　　噪音 230

轨道尽头 231　　大雾 232　　凿壁 233　　屠刀 234

闻鸡 235　　黑色千里马 236　　见血之梦 237

抬头，马里奥！238　　活水 239　　原地 240

不丢 241　　逆行侠 242　　来时路 243

记住今天 244　　脏话 245　　团团转 246

命运不公 247　　逃避的时候 248　　假象过境 249

睡眠 250　　惊鸿 251　　秋叶上的墓志铭 252

繁星之外 253　　忧愁一日 254　　如果我注定 255

如果明天就死 256　　百年后 257

写给尘埃，或我 258　　废柴 259　　埋怨一下 260

太认真的人 261　　亲爱的小蚂蚁 263　　海椰子 265

安然离开吧，我的夏天 266　　没有什么总是 268

辑一
使好日子降临

被时间爱着的时候

那些朦胧的日子不属于我
那些不是自己醒来的日子不属于我
那些未曾亲自睁眼看世界的日子不属于我
那些人们往哪里去我也往哪里去的日子不
　属于我
那些被挤扁无法呼吸的日子不属于我
那些摇摇晃晃找不到扶手的日子不属于我
我苦苦煎熬，苦苦渴求

时间来了，它亲自来了
时间让我再给它一些时间
它会在我爱上它的时刻
使好日子降临——

于是我试着过一个从容的清晨
试着分秒不争，放下长长短短的指针
试着宣告与匆忙的一切，正式停战

于是我拥抱和棉被一样松软亲人的阳光
早餐尝了一颗八分熟的太阳
然后出门，小跑着
我不赶时间也不被时间鞭打

于是我试着做一件耐烦的小事
冬日迟钝,做什么都不大会受伤
我们从未如此无限接近于不朽

我试着穿一根针,只看向一个地方
把宇宙看出一个洞来再给它绣一朵小花
我试着读一行诗,找出藏着的散漫韵脚
在音阶上拾级而上,认真记住
每一块石头的名字与年纪
不问路也不回头

我试着想念一张面孔,一张没有名字的
　　面孔
我刻意制造的不在场证明,如今已失效
隔岸的旧人,我们不必再遗憾今生
再也无法踏入同一条时间的河流
我们试着赞美流逝,这流逝中有过刹那的
　　永恒
我们试着赞美蓝色的奔涌,风中的结发
赞美一往无前的你我

我试着去爱那些细琐的时光
碎片也很好,所有的完整也只是碎片的

一种

我从未得到过明天,今天是唯一的礼物

我一次又一次伸手触摸今天而后道谢

一次又一次活在我最年轻的时候

我不再请求时间眷顾我

我已是被祝福的时间中的人

我已被时间亲自爱着

因为它知道我在无数个不起眼的

缝隙里爱着它

因为它知道我对它如此珍重

失落它的日子,我也在往下掉

于是我成了被时间爱着的人

和那些不属于我的日子

一笑泯恩仇了

和那些真正开始属于我的日子

紧紧握住了手

那些清醒的日子是属于我的

那些自己起床的日子是属于我的

那些以我的时间在我的时区里安排妥当的
　　日子是属于我的

那些不顾人群独自往我真正想要去的地方
　　进发的日子是属于我的

那些在我的位置上笔直站着尽情呼吸的日
　子是属于我的
那些牢牢抓住秒针分针时针的坚定不移的
　日子是属于我的
时间在这里，日子在这里，我在这里
时间在逝去，日子在流动，我就在这里无
　限接近于不朽

入戏

就让他们
道听途说
而你走在
故事里

浓
度

规律饮酒
对生活保持
高浓度心动

易燃

年轻气盛
一点点酒
便烧起来了

足够抵抗这些
暗夜与深冬

我如何生活

小狗不在乎绳索
小狗只盯住骨头
我不在乎生活本身
我在乎我如何生活

野草莓

小小黑斑
算不上缺点

爱你的人
不会只爱你的
甜美可爱

爱乐之人

我爱人类、音乐、小猫和无意义
我享受人群中的摇摆
并反复练习
坚定做我自己

睡前仪式

每天睡前
对每个自己群发
"嘿,我爱你!"

认真回复
"好的,收到!"
并送上鲜花与大拇指

新鲜的我

那些衰落
并非失败
世界看我
如此新鲜
如此可爱

流星说

广播说,今夜
每个整点都能看见
流星雨

流星说,抬头许愿之后
记得和自己道谢
这个梦
将由你亲自来实现

一个新年愿望

我的新年愿望
只有一个:

即使我的一百个愿望
都不实现
我仍以自己为荣
仍觉得世界可爱
值得我在此逗留

爱啃手指的人

可以的话
我想咬下我那生下来
便对这命运感到眩晕的指纹

不行的话
我会成为一个爱啃手指的人
每天吻自己十下

我天才的敏感

我天才的敏感

让我从痛苦的鸡蛋里

挑出了幸福的骨头

交给秋天

放心哭泣

放心坠落

秋天会对每一个

一碰就碎的人

负责

我有一个梦想

我有一个梦想
希望我和朋友们
持之以恒地发疯
将世界改造成
幼稚园、疯人院和
永不打烊的游乐场

祝我们成功!

活着只须清唱

活着只须清唱
不必伴奏也不必在意
观众遥远的回音

测试题

焦虑反复前来
测验我对目标的
坚定与忠诚

不再计划

我不再计划

直接闯入生活

指挥心脏

心脏鲜活

喜乐与忧愁

在我的指挥下

有序进行

良性循环

踢翻

死是最后的
绳索
我要活着
把所有椅子踢翻

痊愈指南

伤口
要多晒太阳
少见水
尤其是眼泪

心软勇士

伤口遍布

连缀成铠甲

是的

我愿做勇士中

心最软的那一个

混熟

还是做自己吧

和烦恼们都混熟啦

小火山生气了

内向的小火山
下次生气的时候
动静大一点
别再放烟花啦

困难怕我

即刻动手

让一部分困难

先害怕起我来

故事都是这样写的

我可是主角

这跌宕

是必然

以我为标准

活着没有"必须"
遇事犹疑
以"我"为第一

平稳心

平稳前行
躲过泪水的突袭
极乐的招引

前往大海的日子
收起所有的盐

蓝色的食物看起来
不大诱人
但你仍要亲自
尝一口

熊猫梦

想当小熊猫
趴在竹子上酣眠

不再做一节一节
向上爬的旧梦

忘记背上咬着
苍耳一样的烦恼

阳光修过指甲的手
使我的毛发柔顺
那些难缠的身外事
不入眼
不会成为我的牵挂

阴雨可能会持续一整天

警惕那些天气预报
别让它的诡计成功

当他们说阴雨
可能会持续一整天
我打电话给我自己:

不必担心
打开暖气,煮一杯咖啡
等待是必然
但打湿的时间,心软得很
不会让你等上太久
如果有人喊你出门
不要拒绝,不要让天气替你圆谎
透过那些湿漉漉的玻璃
亲眼确认那些无法被冲刷的关系
包里有一把伞,胆小,脆弱
一点打击,就痛苦得想要尖叫
但已足够折叠那些风雨

阴雨可能持续一整天
不要哭,苦闷之人
你拥有不可知的漫长一生

回笼觉

没人命令我们要在天黑前
将床底下那颗豌豆找到
但它使用梦的语言,而我
月亮的黄金饵一落,就上钩了

如常的梦里
孤独的人什么都会,什么都爱
失眠的人,是什么也不必记得的人

望向天空的人看见更多的忧愁
那好吧,那好吧 ——
不愿回到笼中的人
对坏日子没有好办法的人
今晚要早眠

应该如何活过冬天

冬日堆叠,沉重的事物
有时保佑我
有时又以沉痛压倒我
我的细脚蜘蛛,总是命悬一线
我的冬天,比很多人来得更早一些
一只小燕从我指尖飞出
它知道一个怕冷的人应该如何活过冬天

蜗牛的使命

蜗牛的使命是
爱上散步

命运没有指使我完成什么
只是将潮湿的道路
铺展到我面前

我的使命是
慢吞吞地
爱上些什么
慢悠悠地
爱上一辈子

擦肩

起点与终点
就在此地
流动的是我

我在出发中爱上迷路
爱上擦肩的万事万物

风景已将你看完

慢些赶路
下一站也许
就是终点站
风景已跑着
将你看完

重新认识世界

——冬日迫近
而你只剩了
一个秋天

——没关系
我会亲自领着
我的每片叶
在狂风中
认识世界

心动

反复中计

在某个瞬间惊觉

啊，又喜欢上活着了

多事

深秋多事

好事纷纷落于我

坏事,本就腐朽

就让它自然凋落

好结果

凭着这日复一日
扎根的野心
我会亲手摘到
甜美的好结果

终点见

勇敢的人享受飞奔

更勇敢的人

哭着跑完全程

快乐的遗产

没有人可以继承我
快乐的遗产
我要活着把它们
全部花光!

上岸以前

没有上岸的日子
就享受这些波折
和海鸥朋友一起吃薯条

隐居

我决定隐居了
让找上门来的烦恼
都吃
闭门羹

玫瑰只有一枝

清香无尽
慷慨给别人
玫瑰只有一枝
记得留给自己

风雨路

这一生的风雨
都使我更喜欢
自由与飞行

晒幸福

一个人
走在归巢的路上
经过许多陌生人的房子
秋高气爽,他们
在门口晾晒
颗粒饱满的幸福

啊,他们拥有这么多,甚至
不担心有人偷偷拿走一颗

我走近他们的日子
闻到旧日的潮湿
他们认得那些斑点
但成熟的米粒
见识过
更大的秋天
早已学会细嚼慢咽

看见那些碗中的石头
从不声张,只是将它们
挑出来,安顿在桌头
收拾妥当,再看的时候
日头下去了,整个世界空旷得

只剩一个黄昏
这些不愿起床的日子被称为冬天
给寒冷的日子,设一个闹钟
太阳都扯着被角,何况我呢

妈妈,我不是永远栖留梦中
我只是在等,等世界变成我的美梦

桃花源的冬天,桃花还开吗
指路的人,也有迷津要渡吗

这些不愿起床的日子被称为冬天

妈妈,我不是害怕外面的世界

我只是在等,等树木静止
鸦雀失声,洁白柔软的事物
一夜之间登上雪的屋顶
占据岁月的高地

风吹来都疼的时代覆灭了——
新世界属于雪,脆弱的雪在雪中不再受伤

像我这样的人也开始喜欢起床
闹钟虚设,太阳端坐窗前

我出门了,妈妈
吉祥的雪,正在落向我们的丰年

冬眠课

黑板上写着:
冬眠课,安静自习
独自醒来者,请对不安习以为常
更不要惊动旁人的梦……

我醒着,异类是我
我困倦,人人如此

睡眠是一生的功课,哈欠连天的我
终于等到我擅长的部分成为
冬季制度的一种,每片雪花都意义重大
我堆的雪人,脚下都写着我的名字

窗外飞过白色的标语:
睡吧,孩子
心安理得做起你的白日梦
把心捂好,翻身时不要着凉
疲惫的灵魂不要以身涉险
安眠的人,方可进入风雪

被中人

我在床上是个异乡人
新疆棉,杭桑蚕,法兰绒
时代裹挟我,时代是身外事
覆盖我只需一块布,一团棉
不愧疚也不羞惭,就这样活

一早醒来我就是幸福的人
窗外的鸟只在窗外鸣叫
当我想听到,才会打开耳朵
当我想认真生活,就把自己叠好
在平静的清晨平静地醒来
忘记故乡,忘记时代
一早醒来就做一个
除了幸福一无所有的人

一块冰的时间

日子,呵气成冰
我等待一场雪崩和很多次幸存

——请再给我一块冰的时间吧
让我将那些错过的年月重来一遍

预言正在显现:
丢出去的石头是你的
涟漪也是你的
得到的时间是你的
没有得到的时间也是你的

虚掷亦是一种动作
抛弃的人也曾伸出了手
用八分之七的冰山
与命运正面相撞的人
更深的地方
全都留给希望

辑二

我要乱七八糟地活着

新年规划

明年我不想死了
我要乱七八糟地活着
闭着眼睛去爱
杀掉每一个否定我的人
把自己视作一切

包袱

想要一些
不那么沉重的爱与钱
和很多很多
让我随时在人群中消失的
孤独

我贫穷的理由

我仍贫穷
我的钱和我一样
闲散
四处流浪,不肯停留

还好我的口袋浅浅的
对美梦的执念不深
没有衔着玉来
也不打算吞下一块金

我带着一点点钱
在世上辗转
我和我的钱都是
无比自由的穷光蛋

还清

欠了好多欢乐债
找最信任之人
每个周末按计划
还上一些

我的分享欲

说是分享
其实我的欲望里
从来没有别人

熬夜的人

你
颠倒昼夜
头发
反抗引力

叛逆的世界
能量依然守恒

偷自由

夹缝中的日子
动弹不得
向前也痛,后退也痛
太阳只是穿过我而无法照拂我

还好我的灵魂消瘦
夜晚一来
我就偷偷
变自由

夜晚后盾

夜晚是我的后盾
它总为我腐坏的白天
收拾烂摊子

赚了些钱
在冰箱里租了个房子
回到那里
我才能保持鲜活
像个人类而非一具尸体
呼吸,呼吸,深呼吸

闹钟设了七个
每响一次,我就更接近
我的保质期

一走出家门上班
我就开始变烂

城市的天空没有星星

倘若星星的工作
是熬夜自燃

它们一定比我们
更早厌倦这座城

没有光的日子
星星们成群结队地返乡
焦头烂额的人
睁着黑色的眼睛
成为新的夜晚

活着好啊

活着好苦啊 ——
我靠着前三个字
屡屡幸存

生
生
慢

事不宜迟
但可缓

笑到最后

笑到最后的人会赢
我总会中途伤感
只好活到最后
以示参与

红舞鞋

努力是我的红舞鞋

我害怕停下

以此逃避我

赤脚的人生

北岛说

努力是
努力者的
墓志铭

我背对一切
躺下
是一种求生

中秋日

世界亮起黄灯
我踩下了痛苦的刹车
把终点修改为快乐

九月待办

心安理得地收获

缓耕不辍

不被世上的风

改变方向

日复一日

明天
是我永远吃不完的解药

病倒之后
总是承蒙世界
日复一日的照顾
病好之后
每个不大好过的今天
都由我亲自负责

今日计划

一个迷恋未来的人
今天的每一步
都是对明天的
蓄意接近

一无所成

一无所成啊 ——
还好
我不是某人苦等的
某个秋天

失败也是参与

发令枪未响
我也会跑起来

我以失败
积极参与我的人生

主人公视角

我不喜欢
这个结尾
但仍庆幸自己
让故事围绕我
发生过

均等分

把世界三等分
留一部分给
无法变得勇敢
和无限接近勇敢的人

幽默

生活想将我

摁到地上摩擦

却发现我

哭过千遍仍未死的灵魂

如此潮湿

人生的功课

时至今日
也算活出了一些自我

很快,上天就将
想不出新的难题
来教我长大了

周一刑

星期一的铡刀
提前一夜落了下来

星期一的我又没头脑
又不大高兴

做什么都像在服刑
什么都不做时鬼鬼祟祟

他们没收了我全部的东西
用从我这里拿走的东西救济我

我在人群中围看自己的结局
如此干脆,如此利落
无论做什么都已来不及

不眠之人

白天用来昏睡
反正那人不是我

夜晚不肯早眠
想作为我
多活一会儿

还有很多工作要做我

还有很多工作要做我
做成肉酱,做成烂泥

还有很多工作要做我
把我做成一个无限大的抽屉
胡乱塞满错过的好事情与坏事情

还有很多工作要做我
我的休息看起来就像
一场逃命

打工

我把日复一日的打工
看作一种运动

每一次负重
灵魂会自己长出肌肉

假期启示

明知山仍在那里
我亦愿饮酒
做几日尘世的
欢快小虎

装醉不是长久之计
埋在地下的葡萄
正在违逆季节
悄悄成熟

忧伤伏满山头
小虎知道自己的黄昏
正在将它追捕

明知一切正在结束
我仍有权使一切开始

无发条日

闹钟没有叫醒自己
太阳缺席,座位
禅让给月亮的嫡子
落叶成为一桩悬案
叫秋风的老人没有出门
巴士的四只脚都收在鞋盒里
年轻人把成熟的野心
作为早餐,在床上吃下了它们
午时一到,就变老,随时随地睡着
从旧世界退休,时间是比黄金
更值钱的退休金

从前怎么那么糊涂
没有认出那些好日子的脸
总觉得,还要再看看,再看看
刻苦奋斗的道路通往退休
更好的日子或许在后头 ——

年轻时怎么如此残忍
将享受人生的重大责任
推卸给一个老人

倒计时

倒计时

试图毁灭我

对生活的正面感受

我为破坏它的计划

轻声致歉

余乐

年轻本就一无所有
不愿也不能把快乐
都弄丢了

悲伤遮住眼睛的时候
我要认出它的诡计

一直走,沿着笑声一直走

金蝉的职业生涯

跳下悬崖
得到绝世高人指点
修成忍术与轻功

回归人世
找了一份工作
气血开始不足

办公椅上的脚轻轻点地
随时想将这鬼地方远离

我想我可能道行不够
师父说,此地不宜久留
一身的本领,不可浪费在
抽人筋骨的魔窟

绝世的高手
不迷失在局中
金蝉不甘寄生于壳
心死之前要活着脱身

休渔期

当我不再结网
进入休渔期
才惊觉

原来从前
早出晚归的每一天
我都在对自己
施以极刑

菩萨长着千只手

不碰旁人
枝上的因果
它要掉落,便让它掉落
更何况,菩萨长着千只手

不要做给他们看

不要做给任何人看
首先他们可能
短视了你悠悠的人生
其次他们可能
从未将你真正看见

止血

先给自己止血

再帮别人换药

菩萨在

菩萨在
你只须许愿,不必牺牲
菩萨不在
泥中之人,保自己为大

不求于人

自救的绳索垂下

我一个人

就能爬到光明里去

成为星期一

恐惧星期一
理解星期一
然后成为星期一那样
不顾一切抵达的人

呐喊

在回声抵达前
我要呐喊,呐喊
使这道路变短

碰壁意味着
有一堵墙在直面我

这彷徨意味着
有一条路在见证我

木蝴蝶

我只在夜晚开放
蒴果开裂,种子滑翔
没有结果的岁月是我的假日

胃提醒我,它要痛了
我们关系缓和许多,互相体谅
我不轻易震动身体里的蝴蝶
它小心翼翼避开掷来的石头

人到了一定年纪
就成了残骸
会飞的日子所剩无几了
离地上那些不再做梦的人
远一些

仅剩的魔法

送毒苹果的王后敲门时
我总在上班,接不到电话

洗澡时,在水声的掩护下
打开嗓子,滴滴答答地唱歌
熬药的女巫关上了她的窗

城市里没有白马
只有编了号码的
彩色铁皮兽
追逐它们如同追逐一朵云
我永远在跑而它永远不停留
即使这双腿健壮有力,即使每双鞋都合脚
只好排队等乌云

乌云笨重
普通人也可以爬上去
于是我的腿挨着别人的腿
普通人的世界没有空隙
用来跳舞
为了节约呼吸
每个人都低头或假装低头
每个人都沉睡或假装沉睡

从前撒下的面包屑已无法带我
回到故事的开头：很久很久以前……

普通人的世界太难
使美梦成真
我仅剩的魔法是
先睡上一觉

在星期八

在不存在的星期八
把自己当成一个不存在的人
谁都看不到我

穿上那些在日常的眼睛里
会被凝视的衣服
或者干脆不穿
像一只豹子
在城市里自由自在地闯红灯
和地上躺平了的斑马老朋友打招呼
扶每一个老奶奶过马路
轻吻一个冰激凌的皱纹
伸手触摸陌生人的心脏
打电话约外星人出来喝奶茶
给他加全糖
让他知道地球
其实是颗黏人的糖丸
偷偷写一直拖延的稿子
假装是昨天写的
然后回家,一路走一路
捡太阳的碎片,连夜缝好
毕竟明天星期一
星期一可不能是阴天呀——

太阳必须存在

就这样,我心满意足地
抱着太阳结束我的星期八
明天,太阳的针脚里
将会漏出点点金光来

那是为我而存在的
耀眼的
新的一天

贡献时间

菩萨会保佑那些
一心一意
每日上供全部时间的人
愿望成真

笨鸟缓行

我是笨鸟

我迟缓地飞

不知疲倦是什么

我是笨鸟

我的眼中只有一种蓝

不知更远的地方是什么

我是笨鸟

我飞得那样慢

学不会焦急也不知折返

我是笨鸟

永远最后一个学会放弃

我一根筋地飞行

把前进看作

一个人超越她自己的事情

欲扬先抑

上帝写我的剧本时
布下许多
欲扬先抑的陷阱
有时连我也一起瞒骗

在人间发光

不必圆满

但永远以你的形状

在人间发光

他的葫芦

他不叫苦
他的葫芦里不卖药
只装糖

他不骗人
他承认竹签扎透了肺
甜蜜的日子遥远而沉重

他不回头
敲过的房子不再去第二次

顺或不顺,风帆都老了
天大地大,都在身后淡下去

他的身体皱起来
装再多水也鼓不起来了
一个人活到最后
只为找一个歇脚之地
歇脚之地,方寸而已

和衣而眠,不再进入
别人的明天

辑三

爱是我的出生地

爱选择了我

爱是我的出生地

我决定用坚固的爱
建造一座新房

人们带着各自的爱
在我这里
添一些砖加一些瓦
或是一场地震后
挥动信任的石锤
打掉一座承重墙

没有什么震颤会坍塌我
爱是我不可摧毁的家

十月待办

储藏蜜果
谨慎而慷慨地
爱着

我对世界的爱

我对世界的爱
是无条件的
我想世界对我
也是如此

在我爱的道路上

我选择我爱的道路去走 ——

遇到的每一颗
硌脚的小石头
都在轻轻吻我

健康地爱一次

不信任世界
是年轻的顽疾
我希望早日痊愈
健康地爱上那么一次

请你听雨

等你变成
蘑菇坐下
我会请你
听听我的雨

对方正在输入

对方正在输入
六个字里有我喜欢的
人物、时间与事件

我的翅膀

我的翅膀小于一阵风
你以你明亮的存在
引我勇敢向前

赛跑

我祈祷你

抱着希望

跑向我的速度

快过

两手空空的死神

做我的秋天

可以做我的秋天吗
我失落的黄昏
你叫停了世上所有的
风

不计其数

爱而不得

不计入失去

反咬

我对爱无条件信任
却总对具体的人
保持小蛇的警惕

孤独是我养的猫

孤独是我养的猫
没有下楼的日子
我们蜷在一起假装
自己是一个毛线团

偶尔我的孤独会跳起来
将我抓伤,在我的黑衣服上
留下毛茸茸的泪痕

但我仍喜欢它贴近我
原谅它比原谅别的什么
容易得多

离开家时我也会
爱上某个人类
爱上一个人类
总让我更想念
我的猫

沸点

把热情留给
同样沸点的人

佳音

等待是

不需要被允许的

爱我者

胜我者千千万

爱我者零星

很荣幸

其中有你

你存在的方式

我一不小心就会自闭
而你不会敲门
只是轻手轻脚走到我身边
像空气将我环抱

缺口

发现你的缺口时
我心里的石头
放心地掉了进去

我只敢爱错漏百出的凡人
还好你并非天衣无缝
不是那只应天上有的人间客

还好我们之间
没有银河

拥抱一只野豹

吻一个个都会飞走的
如同蜻蜓经过湖水

拥抱则是一场围猎
两只同时落入圈套的野豹
不再动弹,嗅闻着彼此的领地

我在你这里,感到久违的安全

萤火虫之夜

萤火虫整夜点着灯
我们不肯眠去
翅膀和翅膀吻在一起

我有时看星星
有时看你,如果此刻
那些闪亮的事物
成群结队掉下来
我也没有什么愿望要许

坚定是什么

在我对活着
又爱又恨的时刻
有人把心拿给我
向我示范了
坚定是什么

倚靠

我们的影子
坐在一起
沉默如两把
陈年旧椅

永远的发音

"永远"二字

将唇与唇分开了

爱！爱！爱！

现在是眼泪
以后是
伤口与盐

去真正的大海

爱河之水
刚好及膝
而我不大愿意
以很低的姿态
假装这是一片海

人类的爱

什么事情都别为我做

付出一切的人
是一无所有的人

牺牲的人永远跪着

而真正的爱
使人类独立行走

作文里的爱情

小时候我在作文里写爱情
语文老师没有批评我

她写下红色的回声:很美

不知是在说爱情本身
还是我因为离爱情太远
而看见的幻觉

情书

使我嗅闻你的香气
如使一片荒芜之地闻见春雨
给我你的吻
如使一只盲眼骆驼认识绿洲

无字

写给你的情书里没有字
只把余生的空白
悉数以赠

想看你哭

想看你哭，看你把自己剥开
想看你把柔软的肚皮朝向我

想看你穿着校服买早餐然后赶路的样子
想看你把芝麻小事称了又称的样子
想看你讨厌自己的样子

想看你收拾之前的房间
想看你门背后的门

想看你冰箱里过期了也没扔的记忆
想看你十几岁时写的遗书
想看你梦里的怪物与英雄
想看你的暗杀黑名单
想看你理想中的家

想看你笑，因为我，不因为我
想看着你笑，因为你，因为好天气
想看你看着我，像看一个愿望

想看你找到自己，而我成为我
然后你和我，开始计划我们

与你正面相遇

当有人步履坚定地走近
我会拿出全部智慧与勇气
用完整的灵魂与他正面相遇

硬仗

让懦夫们退下!

我选择用一颗真心
和那些不堪一击的
虚情与假意
打一场硬仗

救生

用最大气力
掷出爱的救生圈
但别跳入
他者的激流

活下来的人
才有机会谈论永恒

一些狭窄的爱

你如山的爱
只留一点缝
怎能安住我
流云的灵魂

当我们想在
不同的森林
度过余生的夜晚
我们的来日
就已走散

第三者

孤独是我们之间
永恒的第三者

我预设你的中途叛道
笃信它将伴我一生的
忠诚

我的我

我发誓

无论贫穷或富有

无论顺境或逆境

我都愿意

支持我,爱护我

毫无保留地深爱

过去、此刻与未来的

每一个我

十字架

"无人在乎我"
从前钉住我
如今使我解脱

自私的我

你只关心自己
也没关系
你没有对不起
任何人

不懂

向不懂我的人

解释自己时

我的火苗

会痛苦两次

而后寂灭

尽情辜负

我可以辜负世上
一切爱或不爱我的眼睛
因为它们永远无法
将真正的我
看清

没有回信

在写遗书之前
给世界写了一辈子情书
空等的日子
他想亲手了结了

墙

不必回答我
我得到的声音
已足够多

我只想请你
听见我
以我的回音
告诉我
你的存在

听见我,但一句也不多说
回应我,但一步也不向前

取暖

被子,不再叠了
鞋带,反复系紧了
冒热气的话,摊开说

我知道
到了温暖的地方
有些手就要松开了

薄薄的日子
我们走慢些
要跌倒,也要倒在一起倒成一片

肩上的雪
不要拍它
要失去,也要失去得自然一些

我的心不听我的

我的心长大了
不大听我的
那条河流里泥沙淤积
但它迷信在岸边长久等候
总会等到金子水落石出的时候

我的心虚弱不堪
因从未受伤而渴望受伤
请你不要给它开门
请你关好梦的门窗
请你不要悲悯一个贫乏之人
不要为一个流亡者指明月亮的方向

我的心有它的主人
爱情只是年轻的乡愁
如若你曾短暂将它收留
我会早日前来道谢
每收集一块心的碎片
就说一句再见

日历终于翻到这一页

日历终于翻到这一页
九月,十月,然后十一月

人们在这个时节
会在水边痛哭
共饮一杯泪而后告别
我们不要这样
一切从简吧,亲爱的
爱与死亡
都不必处理得太冗长
最好像一首诗
或诗中往来的孤雁
开始与结束都只是
白色的一行

重新开始一段岁月也如
芦苇呼吸一样简单
在苍老之前我们有许多时间
用来年轻,用来向虚空
掷出那些石头

希望你也开始适应陆地的生活
希望你也像我一样

时间将什么浮出,就向什么游去
并紧紧抓住
平静是将死者唯一的稻草
那只瘦小的骆驼,我会将它们
带出沙漠,而当你听见身后
响起的铃声,不要回头——

如果你仍觉得悲伤
可以把日历往前翻上几千年
千千万万个古人与我们素昧平生
却已在此时此地
将我们的今天
悲伤过
千千万万遍了

无言

我预知了一切
以沉默终将使我们分离的心
开口对你说了你我之间
第一句悄悄话

辑四

自坍塌处重筑她的新屋

重建

动摇的自我
已站在风中

一个不埋怨废墟的人
自坍塌处重筑她的新屋

小蜻蜓

点水之爱
与泛滥之心
都不宜栖留
我的小蜻蜓
祝你飞过旧日涟漪
躲过童年掷来的石头

野生的孩子

我是野生的孩子
不自由
就枯死

密码锁日记本

想偷看我的秘密
其实很简单
首先用力打击我
接着利用我的脆弱,将我凿开
再读几页我那没有谎言的日记

妈妈说
感谢我长成了坦荡明亮的人
不,妈妈
要谢谢你那样好奇那样担忧
却允许我上锁

谢谢你没有用爱这把万能钥匙
囚我于童年的房间
使一个孩子的余生
都用于出走

我喜欢我的家

穿着小小的鞋
踩在世界背上

妈妈种了很多很多棉花
爸爸教我在鞋子上
给一只蝴蝶松绑

我喜欢我的家
捡到什么都要往家里带
流浪的蚂蚁,走丢的一块砖
粉碎的粉笔,路灯的一只眼睛
我的床底下还藏着
一只讨厌阳光的非洲象

就连伤口
也要原封不动地带回家
和他们炫耀

妈妈妈妈,今天我又
看见喜欢的一只鸟
向它狂奔的时候
我摔倒啦——

爸爸爸爸,看我的额头

我得到一朵 ——

漂亮的小红花

桂花们都很好
——给祖母

你并非已将我忘却
只是在故乡之外
换了一种语言
那些桂花和你一样
琐碎,一碰面
就对我说上窸窸窣窣的
旧话

昨夜下楼,我怀抱父母
寄来的秋蟹,停在了你金色的
沉默之中,等你如常的问候
越过篱笆与南山,落到我的肩上

这座城市对你一无所知
所以才敢把秋天剪得这样短
总是不等你把话讲完
冬天就来了

所以我每天把那封信带在身上
见不到你的眼睛,却已
闻到你的灵魂幽然走近的时候
就在风中把自己寄给你

告诉你
桂花们都很好
独自长大,愈发像你
不再淡忘细细小小的往事
和你一样,离家许久
正在独自走过,异乡的秋天

好孩子的秘密

妈妈睡在早晨的怀中
我跳下梦的围墙
无人拦我,因为她们知道
外面的世界栅栏遍布

而她们确信
心肠柔软的孩子
铁面的佛
会偷偷溺爱

我们,先不要声张
在这秘密的护佑下
长大,长到和围墙一样高
再开始思考,是否归乡

乖小孩

我们那里把
婴儿病了
称作"不乖"

离开故乡的语境
乖巧成了我身上
真正的顽疾

为了不生病
我决定做一个
不乖的小孩

蟋蟀罐

空罐头里有我的命
我在这里
一无所有地创造
跳着摸高,摸到父亲的胡子

有一只手陪我戏耍
它痛恨粗暴的结局
对一切危险下命令:
"留她一口气,我要活的。"

黄泥捏的日子
遇水,就开裂了
流泪时,要抓住一只
泥潭外,干净的手
两个人,逃命是一场婚礼

死神的花朵
许久不肯传到我的手中
蝉的梦,如纸那样薄
一切声音都是鼓点

我在这里
留着一口气

一只蟋蟀

撞击铁皮

你呢

你是击鼓的亡魂 ——

天涯正在向我们走来

笼子已经打开

未死之人,请与我相爱

无人问津的年纪

妈妈
三十岁不是
"无人问津的年纪"
那是我终于不再问路
也不再迷失的
好时光啊

女儿的海

我常幻想
我在一个没有尖刀的家里
不再一个人偷偷生锈
而是长成一个
对一切疼痛都迟钝
在浪声中对陌生人
用力求救的人

妈妈的回声

妈妈
你对我今生
期待的话语里
全是你前世的回声

催促

不要催我走进
婚姻,或者坟墓

死亡的事交给死神
而幸福,我自己就好

积山

那人指责你

活得太轻松时

就把这如山的苦拿出来

将他压垮

祷告者

被爱绑架时
我是祈祷撕票的
疯狂人质

为什么面罩之下
是你的脸?
妈妈……

我不想哭
那些绳索其实很松
太松了
我有无数次机会逃跑
隐姓埋名,否认我身体里的血

爸爸……
你在我的生命里
拥有太多不在场证明
事件发生时,你总是
轻易隐身,轻易被放过
为什么有那么多办法
将我赎回
你却想不到
用爱

用你从未给予我的时间
爸爸……

我不想逃跑
我自己学会了写我的新名字
我甘心把刀架在脖子上
请你们，救我
或者我们从此
互相放手，今生今世
都将彼此放过

海市与蜃楼

傲慢的眼睛
容不下沙子

离他太远的事物
不可以存在

不安的父亲

从前你怕我
无法超越你的山

当我成为风
你却开始怕我
今生不复返

愚公之女

愚公寄希望于我
愚公才是
我的山

木兰的家书

父亲,那是你的梦
不是我的
我听话,乖巧,随时准备好
为一场与我无关的战役牺牲

父亲,我已顺从你的意愿
铁马,冰河,过上你说的
好日子,你只知道我在远方
替你活一遍,用与你年轻时相似的脸
做着你一辈子都未做成的事
多奇怪啊 ——
我认为这是我的失败
你却认为这是你的成功

父亲,你已很久不再问我
木兰木兰,你在想什么
木兰木兰,你的马儿往何处去

母亲捎信说,妹妹要嫁人了
我的房间,如今弟弟住在里面

多奇怪啊 ——
故乡成了我今生无法返回的
一个老地方

断代史

妈妈
如果我无法成为妈妈
你还爱我吗

妈妈
如果我前半生都听你的
后半生可以听我的吗

我健康，善良，一生未做坏事
每年都捐款，在地铁上让座
(那个从未诞生的生命
也不是我杀死的 ——)

妈妈，我已充分有资格
抬头挺胸地活着
—— 你也是
我不愿忍受
任何人的指责
—— 包括你的

妈妈，他们用我
评判你的一生
这样荒诞的故事

讲到你这里,就应当结束了
那些将你切成碎片的痛苦
取不出来了,它们断在你的身体深处

别再用那些伤害过你的东西
伤害我了,妈妈

请你早日淡忘,而我会替你
将那些疼谨记一生

我多想和你重新来过,妈妈

我和我的分数同时掉水里
你会救我吗
妈妈

不要嘲笑我的幼稚
因为我正活在这样一个
需要你需要爱的年纪

我知道你会犹豫
然后向我伸出手
你的犹豫已将我沉入海底

爱是不假思索
是排除其他一切可能

承认吧妈妈,在今生的角色里
我们都不合格

我多想和你重新来过啊,妈妈
重新学习妈妈和女儿的发音

在我跌倒时,你要在那里
在我扑向你时,你要接住我

在我打破你的期待时,对我说:
碎了就碎了,只要你是完整的就好

当我们说着对不起和没关系
就提醒对方停下来,让我们重新来过 ——

"我的意思是,我爱你。"

中式恐怖故事

教我考第一
一道题都不能错
但嫁一个差不多的人

教我平等竞争
懂事,成熟,讲原则
但要让着弟弟,弟弟还小

教我独立思考
将生活视作一场大冒险
但要按家族的古老意志过一生

当我越走越远越飞越高
认为是书上的巫语
将他们天真的孩子诱入深林

当我开始做一些正确的事
认为我正在以无法回头的速度
误入歧途

电子父母

得到陌生人的爱
像一只流浪小狗闻到了骨头
像一只爱哭鬼,贴近为她擦泪的人类的手

跌落在近水楼台的小月亮
在四海游荡,只为找一个家,将自己安顿

她喜欢这个时代,一根线就是一种缘
她叫素未谋面之人:爸爸,妈妈
她喜欢这种人为的相逢
她是喜悦的诞生者,和自己的人生互相
　　选择

和没有血缘的陌生人毫无缘由地爱着
她第一次在爱里自由
她第一次知道
原来爱也可以使人自由

改命

她看清了命
但她不认命

不把别人给的开端
当作自己的结局

赤脚奔跑

亲爱的小姑娘
十二点了,童话到此为止
从美丽的刑具中脱身
到真实世界
赤脚奔跑吧

衣服的隐喻

衣服是隐喻之一:

我想活得平整自在
和所有人在同一个季节

但又有裁剪得当的
特别

月亮没有身材焦虑

人类说我胖
月亮说我圆满得刚刚好
月亮年纪大
我听月亮的

肥胖纹

我对肉体的纵容与苛待
身体——记住了

那些对我无心的话语
心——记住了

我不想再责备自己,责备任何人
不再一遍遍问,谁会爱我的灵魂

改头换面不过是一种欺瞒
我明明知道皮囊之下
住着怎样一个人

还是把灵魂养得再健壮些吧 ——

使肉身可以理直气壮
以它本来的样子过一生

失去

亲爱的朋友
我可以失去你远望你

可我无法看着你
失去你自己并宣称
这是幸福

下楼买一包卫生巾

她给我一个黑袋子
扎得很紧,生怕走漏了风声

我这一生得到过无数黑袋子
我这一生就是黑袋子的一生

月经课

疼痛每隔一个月
给女孩们上课
告诉她

你会流血
并且一次一次
活下来

小朋友叫我阿姨

叫阿姨没什么
变老和死亡,都是岁月的流水席
变化的名字里,是我生动的一生

姐姐年代我意气风发
对时间送给我的东西
犹且忌惮,还要推辞一番
成了阿姨,胆子大了脸皮也厚了
送上门的礼物,都敢收下了
包括皱纹、赘肉、躁郁和年龄

我喜欢看着生命里的东西与日俱增
它们在我的腰间、眼尾堆成小山
大风吹来时,我才不会轻易摔倒

超现实废物

可能我生得太早了
这个时代还没有能力
发现我伟大的用处

我的使用说明书
爸妈有认真读过吗
我猜没有,要不然
我怎么会丢了一些零件
要不然我怎么会
走起路来摇摇晃晃
爱起人来七零八落
他说爱我
而我只听见我的牙齿打颤
风还没来
我的疼痛就嘎吱作响

可能是我生得太晚了
让一个女孩孤身一人
坚持二十年

让她咬着牙
不要给陌生的死神开门
让她信我,会在最后的时刻前

把最好的时代作为礼物
带到她面前

姐姐的奇迹

姐姐从不生病
当了妈妈的人不会生病
所以姐姐永远健康

姐姐从不伤感
一个孩子的一天有七十二小时
忙着做饭,洗衣,接过去送回来
姐姐没有伤感的空余

房子好小,没有用来哭泣的房间
口袋空着,没有逃往来世的本钱
日子紧巴巴,皱了的人生,洗洗还能穿

姐姐还未生病
这使我惊奇
姐姐的一生从未有奇迹
一切灾祸都按时降临
迷路的马儿带回
伤兵、炮弹与永久殖民

我想姐姐至今没有抑郁
就是上天的悲悯
是最后的也是唯一的奇迹

从人间蒸发的日子

哭泣,哭泣
理直气壮地哭
心虚地哭

除了哭泣,一无所长

和眼泪约好了
我从人间蒸发的日子

上帝在那里笑起来

一个可以从身体里
源源不断流出眼泪的人
早已拥有大海的寿命

一颗粟在涛声中睁开眼睛
沧海再大,也无法将她一口吞下

她涓涓地活着
这一生除了哭泣
也做很多事情

大雪封喉

窦娥的雪下了一千年

一个女孩
用手指戳穿一片谎言

并大声呼喊,而后
山崩,地裂,大雪封喉

红杏

生活将红杏一步步
逼入墙角

这些年她的日子根基不稳
自由的梦摇摇欲坠,站不住脚

出嫁前埋下的酒
酿着她的祸

忏悔的杏子
泡在夏天的密封罐中
没有一条道路将指引她
回到枝头

基因彩票

爱是特等奖
得到的人上辈子一定
跟在菩萨身后摇着小舟
渡过一个又一个悔罪者

坚毅与温柔是一等奖
同时得到，或只得其一之人
有一样不会躲闪也不会熄灭的眼神

骨子里的良善是二等奖
继承了家族丰厚的血
流失一些，面色却更红润了
为了赠人玫瑰，在庭院里种满香气

然后是智慧，闻到思想的味道
就要在书上咬一口的遗传病
永远饥渴，永远觉得肚里空空

至于美貌，是危险的博弈
得到只是开始，一个女人的一生都将抵押
　　在其中
你成为一张彩票，一生都在等待，等待被
　　某种命运抽中

伍尔夫的钢笔

那些觉得不公的时刻
正是取下我们的头颅
刺出喉舌的时刻

男人们喝酒,整夜写作
我们煮汤,早起,捡袜子
安静时保持安静
呻吟时小声呻吟

哦,我的伍尔夫
我前世的枪
今生的姐妹
我的四周高墙围堵
你的孤独
却没有回声
我们做菜,洗衣,净身
而你坐在那里,如一座坟
你把你的石头留给我
等我想起我的名字
想起妈妈喋喋不休:
"离开这个家,重写你的人生。"

闷罐头

我不愿品尝
祖辈从橱柜深处拿出来的
过期的生活

他们的本意是爱
而非一场横跨三代的杀戮
我不会死于那些看得见的东西

但埋头苦咽的我
会在目光环绕中
变成想不开的
闷罐头
任由那些话语进入我的身体
为我说话
任由那些回声惊扰我的思考
成为我

翻拍的故事杀青了

导演定好了
剧本也早早完成
我这翻拍家族史的一生
总在模仿些什么,重复些什么
困难的事,也有替身
这样烂俗的一生
上天也看倦了

二十岁时
我提前杀青了

不为鲜花,不为掌声
只为在新的生命场
做一个新人

闲人

一群并不精通数学的家伙
突然敏感起我的年龄

一群连晚饭吃什么
都没有想好的人
竟关心起我遥远的晚年

一群被苦难的秤砣压弯背脊的人
恨我空空的肩膀,恨我刺眼的快乐

一群不安、怯懦、嫉妒、险恶之人
把爱挂在嘴边,我若后退,他们就要扑上来
用爱将我撕碎,再抱着我的骨头流下释然的泪水

一切如他们所愿,我死得其所……

我提醒自己,一个想要活下去的人
要警惕那些以爱作诱饵的人
凶杀总在熟人间发生,小心,小心
陷阱向我走来,饭桌上的鳄鱼将嘴张开:

我们的话你还是要听……

百岁的耳朵

等你一百岁时
如果我的耳朵尚且年轻
我会认真听你
教我做人

耳钩

收到的忠告总是漂亮而无用
出于礼貌,我把它们做成耳钩
见人时佩戴整齐,有时也原样送给别人

左耳和右耳
一个听老人言,一个听婴儿语
工作日与周末,参考不同的活法
不愿顺从时,就让风到我这里来
使我的钉子松动
使我摇摇欲坠的日子发出脆响
使我从人们眼皮底下变成烟
使我为我超出限度的命运
终于哭出声来 ——

漏洞百出的身体啊
你早该让那些疼痛穿过你了
银光闪耀,有时是泪水
有时是用以渡人的湖泊

湖边空无一人
当你解下那些身外之物
只剩下一个灵魂
不用等待树木孤独地长成

将自己打磨成一对桨
你一个人，一双手便已足够
你不停将手向后挥去

漂泊无依，将使你无限接近一叶芜萍
别无所求，将使你今生今世都不认识岸
粼粼的波心，每一个褶皱
都在将你推向自由

辑五

我不参加我的葬礼

我不参加我的葬礼

至于我叵测的今生
旁观者,请勿多语
引路人,请跟我走
往无人走过的路走
往人类可以直立行走的路去

我的开端不是结局
我是我梦的替死鬼
我死后仍有一个我
咬着前世的尾巴不肯松口

我喜欢我的棺材里堆满
磨破的旧鞋,寿终的鲜花
我将在树的身体内部挠它的痒
直到它咯吱咯吱笑着将门打开

我不参加我的葬礼
我径直走出门去
那些爱过我的人会停止哭泣
那些爱着我的人会与每一个我
并肩同行

想一拳打爆地球

怕疼
但又总想一拳打爆地球
唯一的办法是
在陆地上种满棉花
给每只小刺猬的梦盖上一朵云

遇到一个人类
就告诉她,继续做温柔的人
世上会有人因为她的存在
从此不再受伤

小型自杀

讨好别人

是最小型的

自杀

无解之人

我不会再任由那些
无解之人
拿他的问题
在我身上
一遍遍试错了

我的表彰大会

我发誓今生做个快乐的人
葬礼将是我的表彰大会
小小的墓碑佩于胸前
朋友们捧着鲜花
大笑着将我抛向天空

沉默的朋友圈

幸福与不幸
自己一一收着

没有时间
按照爱恨亲疏的名单
一一通知别人

婚礼、生日与葬礼
不发邀请函
重要的人
早已在场

我的主张

迟钝地爱

莽撞地活

自作主张过余生

孤品

我是我今生唯一的
陪葬品
生前一定善加爱护
妥帖珍藏

棱角

磨损一个
便长出新的一个

不要动我的棱角
它们是用来
保护我的

成熟配方

等待的熬煎
是我成熟的关键

我是人

非必要

不完美

脆弱的人

脆弱的人
负责教世界
温柔的功课

等世界再大一些
它会负责照料好那些
一生都没有
长出铁石心肠的人

溏心蛋

煎熬有煎熬的好处
但总有人不喜欢
过早成熟

那么多筷子等着
戳破我天真的梦

我要用尽心机
才能保持
我的我
完整

噪音

我变强的风速
快到让我听不清
那些妄议我的
小小声波

轨道尽头

至少

我的轨道尽头

须是自由的旷野

大雾

艰险之路
前后无人

大雾障眼
而你直视前方

只管撞向
纸老虎的白影

凿壁

很久很久以前
光明还是
不用凿开这些墙
就可以得到的东西
那时我们在夜里看书
黑色的话语
将我们的眼睛照亮

屠刀

偶尔伤到我的人
一定常常自杀

他对准我的刀尖鲜红
分不清哪里是他的血
哪里是我的

溺水的人深深渴望
另一个人的共沉沦
可我是放下屠刀的过客
我的心悲悯
泡皱灵魂的水中人

但也只是这样了 ——
我不记仇,也不原谅

我一人将小舟撑远
离开激流,离开风暴
等我同河流平静如初
我独自上我的岸

闻鸡

饮下鸡血
并不能即刻起舞

是我如刀的决心
佑我于寒夜,闭眼前行

黑色千里马

伯乐不来
千里马仍在
向下一个千里
日夜狂奔

见血之梦

我要亲自上马
出征

见过血的梦
慰我来世
不再做冤魂

抬头,马里奥!

这个世界
随时掉下金币

跑在前头的人得到一些什么
迟钝的人也不会一无所获

我不在乎自己看起来
是否金光闪闪
我只是喜欢在新的地图里
展开我新的人生

活水

深入生活

学会换气与放弃

溺爱自己

原地

问题不是

愿不愿开始

而是我能否

说服自己：

改变总是值得

斗胆一试

留在原地的人

梦中只有夭折的往事

永远朝你笑着

却不会再长出牙齿的

往事

不丢

非我勿看

积极地健忘

在人群中跟紧自己

信任那些亡失之物

会佑我今生不再迷路

逆行侠

我掉头,逆行
因为我的眼睛
越过人群,看清了我
真正的目的地

来时路

后退并不会
踩坏我来时的
脚步深深

记住今天

记住今天

因为

明天正在

遗弃我们

脏话

脏话是政治
我的一无所知
正是它想要的
有声的支持

团团转

说些大话

碎步小舞

我不为任何人探路 ——

迷魂阵中,也只肯围着自己

团团转

命运不公

命运确实不公
它偏爱沉默前行的我
远胜过
大声咒骂它的我

逃避的时候

沉默
是鸦雀听见自己的方式
逃避
是我走向自己的方式

这些并不漂亮的动作
鲜活了我

假象过境

残酷只是
这世界的假象
活久一点
也许就能等到
它们迁徙过境

睡眠

清醒时

更应把睡眠当成

头等大事

毕竟墓中的休憩

已不能使我

重焕生机

惊鸿

欲望的弹弓
时刻准备反射于我

可我有掉光羽毛
也要去飞一次的天空

秋叶上的墓志铭

认真活过春天的人
不在乎旁人写在
秋叶上的墓志铭

繁星之外

繁星渺远
我一个人
自成一个
悠悠的宇宙

忧愁一日

今日忧愁来访
梦中没有敲门声
醒来时,它已将房门反锁

它在的时候阳光进不来
沙发上堆满乌云
我在阴影里打坐,等阴影过去

明日,明日再与君同乐

如果我注定

如果我注定死
那我甘愿死于冒险死于爱
而非死于一场劳役一种苦刑

如果明天就死

如果明天就死
我会变成冤魂吗

如果死神抛来白色花束
我会跳起来接住吗

如果明天就死
我会微笑着说我愿意吗

如果在这里戛然而止
我会喜欢这个结局吗

百年后

一百年后我已是一把灰
可今天我仍有骨头
尚且不愿
把世界拱手相让

写给尘埃,或我

有时我会忘记收拾那些灰尘
任它们和我一样长大,自由,四处跑
在混乱的世界秩序里
不在这边,也不在那边
不建房子,地震时便只有
寥寥的烦心事
这个不用带走,那个也不用
除了这颗心不要在半路坍塌
一切都本就是废墟
一切都本就是尘埃

如果仍有一些沉重的愿望
那便是当乌有再次化为乌有之前
真希望可以找到那些
可以让渺小而没有用处的事物
安然待上一万年的角落啊——

不必趴在任何一块石头的肩上
不必拥有名字也不必更改姓氏
只是那样飘着,飘着

废柴

为了成为一个有用的人
我做了那样多无用的傻事
燃烧自己,照亮别人

烫伤的地方,还是隐隐作痛
可他们却将这痛夸耀成一种勋章
他们看见光荣,撒满金粉的伤口
只使我觉得疼

疼上一夜没什么,疼上一生
圣人会活下来,我是凡人,我会记恨
恨自己这样过一生
燎原的火,离得太远了
我只要一颗星,离我最近的那颗

我宣告:我要做一捆废柴了
作为一棵树最无用的部分
正当地存活着,以无意义
构成意义的重要部分
可以被淘汰,但不可被用作他途
这是正确的傻事,值得做上一辈子

埋怨一下

埋怨是一种很好的劳动
把恨吐出来,把苦果掩埋
把松散的大片大片痛苦踩实

下回,轻的痛苦已分解
深的痛苦已在深处
面目全非,但也不想再
把自己重新挖开
掏出心也掏出肺腑来
遗忘是一种很好的康复运动

太认真的人

我并没有轻视生命
相反,我将活着这件事
小题大做了

我站在屋顶不为俯瞰
众生各自有主
我只是偶得姓名的一株草

谁送我来,来此地修习
我送谁走,走到哪里算是善终

我这样认真的人,坐上板凳
就下不来了,面前的问题想不明白
就不肯相信答案也不敢妄自揣度

我并没有虚度生命
你知道的,一个人永远无法
将每一张纸写满
但我对活着这件事
坐姿端正,态度良好

写我的人
字迹潦草,胡乱虚构

我太认真了,并为此疾病缠身
日记里咳嗽声遍布,一遍遍写着:

我并不讨厌我的认真
这偶得的人生,也是我的
这薄薄的一条命
对世界来说失去了也就失去了
但对于我,要紧握,要锱铢必较地活
直到最后一刻,死亡将我与我分开
直到最后一刻,我与我善始善终

亲爱的小蚂蚁

亲爱的小蚂蚁
那些焦灼的日子
都过去了——

你搬不动的泰山
就让它们成为鸿毛

雨后容易迷失
在那片落叶地,你席地而坐
或者躺着,用亲近的叶片遮住眼睛
枯黄的一切似乎在温和叫醒
你年轻的梦,但你还不打算
醒来,沿着祖先的脉络
进入那片森林

亲爱的小蚂蚁
你喜欢的阳光从今往后
会稀疏起来——

世界在你离群之后
渐渐变得吝啬了
好在你多雨的心
可以适应这样偶尔的薄情

你总能靠你自己的触角
找到那些好天气的

就像你会在路灯
——亮起的时刻
注意到这个
见不到炊烟的城市
也有像家的时刻

海椰子

我的心脏
是世上最巨大的果实

发芽是一种能力
季节错乱,人心倒伏
发芽是一种信仰

从一个我到另一个我
要花上三十年

从死水般的日子里找到活路
要攒很多很多钱
和不断长大的勇气

我的心说那难以抵达之地
是我今生唯一必将抵达之地

安然离开吧,我的夏天

离开吧,夏天,我的夏天
什么也不必交代给秋天
我已无须
再向你借太阳

我要开始收获了
心安理得地收获
腐烂是高处最后一颗果子
而我才刚刚踏上
我的梯子

不要扶我,即使我会跌倒
我会跌倒,我必将跌倒
但不要因为你灵魂的恐惧
喊我下来,使我的肉体
对疼痛一无所知
你说过,跳过的题目
会把白色的东西变红
请让我面对天空
让我因为跑在最前面
被一支箭看中
你已完成你的使命
——如果活着真的有使命

离开吧,夏天,我的夏天
你已用爱使我对人世的信任加深
遥远的不安,如今也正在成熟
它们终有一天会从我童年的树上掉下来
如你一样,成为记忆的泥土
只在下雨的时候发出一些生锈的声响

离开吧,夏天,我的夏天
你想说和未说的一切
稻穗们都知道,晚饭时分
它们会把生涩的话
一粒一粒剥开
你想说却未说的一切
它们会一一带到

没有什么总是

没有什么想要的

却总在乞讨

没有什么地方非去不可

却总在赶路

没有什么是不喜欢的

却总在问什么是爱怎样才能爱

没有什么是不能丢弃的

却总是把手攥紧把门窗关好

没有什么是真正得到的

却总是想把瓶子装满把日子充实

没有什么想要叙说

却总是被自己的声音叨扰

没有什么脚掌与我一样大小

却总是不知不觉沉默跟在别人身后

没有什么时候不在衰亡与凋落

却总是觉得死是很久以后的事

没有什么时代值得一个平凡人为之赴死

却总是想为不属于我的时代扎破手指画下

   花朵

没有什么不是偶然

却总是在谈论总是

没有什么不是过程没有什么不会结束

而我总是哭也认真笑也认真爱也认真恨也

认真

醒着的时候不想人终有一死

我只知道这从高处看下去众生相似的一生

对我而言,总是没有什么下一次

文治

磨铁图书旗下子品牌

更 好 的 阅 读

监　　制　潘　良　于　北
产品经理　苟新月
责任编辑　曹　波
特约编辑　胡瑞婷
营销编辑　金　颖　于　双　Miki
装帧设计　别境Lab
封面插画　lost7

关注我们

官方微博：@文治图书
官方豆瓣：文治图书
联系我们：wenzhibooks@xiron.net.cn

图书在版编目（CIP）数据

日子很好，我很我 / 焦野绿著 . -- 南京：江苏凤凰文艺出版社，2024.7（2024.11重印）
 ISBN 978-7-5594-8676-9

Ⅰ . ①日… Ⅱ . ①焦… Ⅲ . ①诗集－中国－当代 Ⅳ . ① I227

中国国家版本馆CIP数据核字（2024）第098292号

日子很好，我很我

焦野绿　著

责任编辑	曹　波
特约编辑	胡瑞婷
装帧设计	别境Lab
责任印制	杨　丹
出版发行	江苏凤凰文艺出版社
	南京市中央路165号，邮编：210009
网　址	http://www.jswenyi.com
印　刷	河北鹏润印刷有限公司
开　本	787毫米×1092毫米　1/32
印　张	8.75
彩　插	32页
字　数	165千字
版　次	2024年7月第1版
印　次	2024年11月第4次印刷
书　号	ISBN 978-7-5594-8676-9
定　价	58.00元

江苏凤凰文艺版图书凡印刷、装订错误，可向出版社调换，联系电话 025-83280257